ROSA SARDÀ   ROSA M. CURTO

ME GUSTA HACER COMO LOS MAYORES

Combel
EDITORIAL

MAMÁ HABLA POR TELÉFONO.

ME GUSTA HABLAR POR TELÉFONO
COMO MAMÁ.

PAPÁ VA EN COCHE.

ME GUSTA IR EN COCHE COMO PAPÁ.

MI TÍA LLEVA BOTAS.

ME GUSTA LLEVAR LAS BOTAS
DE MI TÍA.

MARTA ES MI MAESTRA.

ME GUSTA HACER DE MAESTRA.

—HIJA, RECOGE TUS JUGUETES
—DICE PAPÁ.

EL TELÉFONO, EL COCHE,
LAS BOTAS, LOS JUGUETES...

¡CUÁNTO TRABAJO DA IMITAR
A LOS MAYORES!

© 2001, Rosa Sardà y Rosa M. Curto
© 2001, Editorial Esin, S.A.
Caspe, 79. 08013 Barcelona – Tel.: 93 244 95 50 – Fax: 93 265 68 95
combel@editorialcasals.com
Diseño gráfico: Bassa & Trias
Primera edición: septiembre de 2001
ISBN: 84-7864-542-X
Depósito legal: M-23169-2001
Printed in Spain
Impreso en Orymu, S.A. - Pinto (Madrid)

C A B A L L O   A L A D O

serie **al PASO**

Recopilaciones de narraciones dirigidas a niños y niñas a partir de 5 años.
Las ilustraciones, llenas de ternura, dan personalidad a unas historias sencillas que
los más pequeños podrán leer solos.

serie **al TROTE**

Recopilaciones de cuentos dirigidos a aquellos pequeños lectores que ya empiezan
a seguir el hilo narrativo de una historia. Los personajes de estas historias
acompañarán a niños y niñas en la aventura de leer.

serie **al GALOPE**

Serie de títulos independientes para pequeños lectores a partir de 6 años.
Historias llenas de fantasía, ternura y sentido del humor que harán las delicias de
niños y niñas.